SOUVENIR

DE

Mlle H. DEFAGUE

SE VEND **60** CENTIMES

Au profit de la Vente annuelle
en faveur des Pauvres

MARSEILLE

IMPRIMERIE H. CHATAGNIER AÎNÉ

42, Rue Paradis, 42

1881

SOUVENIR

DE

Mᶦˡᵉ H. DEFAGUE

SE VEND **60** CENTIMES

Au profit de la Vente annuelle
en faveur des Pauvres

MARSEILLE

IMPRIMERIE E. CHATAGNIER AÎNÉ

42, Rue Paradis, 42

—

1881

Le 4 août 1881, un cortège de quelques amis accompagnait à sa dernière demeure la dépouille mortelle de l'une des personnes qui, dans leur activité modeste, mais infatigable, ont le plus fait pour notre Église. Sa mort, arrivée à la suite d'une période d'affaiblissement que ses 80 ans expliquaient et qui l'avait séparée intellectuellement de ses nombreux amis, arriva, en outre, dans un moment où la plupart de ces derniers se trouvaient absents ou éloignés de Marseille. Ce n'était pas sans mélancolie qu'on rapprochait le petit nombre de ceux qui parurent prendre garde à sa mort, de la foule de ceux qui l'avaient estimée et aimée, en réalité.

Ces raisons nous ont décidés, après quelques hésitations, à publier les pages qui suivent. Ce sont les deux allocutions prononcées sur la tombe de Mademoiselle Hortense Defague par deux pasteurs et par deux frères qu'elle a contribué, pour sa part, à encourager dans leur vocation. Ils considèrent comme un devoir de reconnaissance, et presque de piété filiale, de lui rendre ce dernier hommage. Le moment le mieux choisi pour cette modeste publication a paru être celui de la Vente annuelle en faveur des pauvres, à laquelle notre sœur vénérée collabora toujours avec tant de zèle ! Nous offrons notre humble brochure à cette Librairie où ceux qui l'ont connue croient la voir encore et la cherchent...

M.

Marseille, Décembre 1881.

ALLOCUTIONS

TOMBE

DE

MLLE HORTENSE DEFAGUE

Que Dieu a prise à Lui le 2 Août 1881

ALLOCUTION DE M. E<small>D</small>. MONOD

> « Elle était pleine de bonnes œuvres. »
> *Actes des Apôtres*, ix, 36.

MES BIEN-AIMÉS FRÈRES,

Ces quelques mots qui forment, dans leur brièveté, la touchante oraison funèbre de l'une des chrétiennes que possédait l'Eglise primitive, — Dorcas, devenue le type de la charité féminine, — ont rarement pu, je crois, être mieux applicables qu'à la sœur vénérée qui vient de nous quitter. Et, bien que nous nous interdisions ici, en général, toute espèce de panégyriques, personne ne me comprendrait de garder un silence complet à cet égard : celà ressemblerait à de l'ingratitude. Mlle Defague aussi, vous le savez, était « pleine de bonnes œuvres » : sa vie en était pleine, son cœur en était plein, parce qu'il était plein de Celui qui est la source des bonnes œuvres, comme Il en est la règle et le modèle. A partir du moment où elle eut accepté ce Sauveur pour tout ce qu'Il est, où elle eut reçu, de Sa main percée, ce mystérieux salut par grâce (qu'elle n'avait pas compris dès l'abord, c'est de la bouche même de notre sœur que je le tiens), à partir de cette heure, elle comprit aussi que nous avons « été créés en Jésus-Christ pour les bonnes œuvres, que Dieu a préparées d'avance, afin que nous marchions en elles (1). » Elle y marcha fidèlement, journellement, et l'on peut même dire continuellement, d'un pas que la vieillesse avait à peine ralenti il y a quelques années encore, et qui ne s'est arrêté brusquement que lorsqu'un mal mystérieux lui ôta ses facultés, encore plus que ses forces.

Qui ne se souvient, parmi nous, de cette figure souriante, qu'on voyait paraître si régulièrement quand avait sonné l'échéance de la Charité périodique, dont on peut dire qu'elle fut l'âme et l'organisatrice, dans notre chère Eglise ?... Je pense, vous le comprenez, à la *Société du Sou protestant*, qui a dû à son activité tant de sommes considérables patiemment collectées, presque pite après pite ! Je pense encore à nos Ventes annuelles de charité, où elle avait choisi, de temps immémorial, le monopole des bons livres, trouvant ainsi moyen d'accomplir une double bonne action, en faisant profiter l'âme de l'acheteur du bien qu'il faisait à nos œuvres. Comme elle était bien pénétrée, à cet égard, des intérêts de son commerce ! Comme elle choisissait à l'avance et soigneusement ses excellentes marchandises ! comme elle interrogeait les catalogues, et questionnait aussi les amis éclairés qui pouvaient lui recommander un bon ouvrage à faire venir, ou lui en déconseiller un médiocre ! Et qui peut savoir dans combien de cœurs ont été déposées, avec profit, ces semences de vérité largement répandues par elle ? — En outre, comme

(1) Epître aux Ephésiens II, 10.

Dorcas elle-même, elle travaillait aussi de ses mains (toujours en vue du bien à faire), et ici encore sa persévérance éclatait dans des ouvrages minutieux qui frappaient des yeux connaisseurs, et que tout le monde appréciait.

Mais, de toutes les bonnes œuvres de Mlle Defague, je n'ai pas encore signalé la plus importante, et je n'ai pas encore nommé, parmi ses nombreux obligés, celui qui a eu à notre sœur l'obligation la plus sérieuse. Celui-là n'est autre que le père vénéré dont les restes mortels ont été déposés ici près, il y a peu de jours, et qui ratifierait certainement à cette heure, s'il pouvait m'entendre, l'hommage de gratitude dout mon cœur est rempli pour sa secrétaire vénérée. En effet, Celui dont la Providence pourvoit à tout ce qui concerne Ses serviteurs, et met le remède à côté du mal, avait placé près de mon père, empêché de rédiger de sa propre main ses prédications, une amie toute dévouée, dont le bonheur était d'écrire sous sa dictée toutes et quantes fois qu'il avait besoin d'elle. Littérairement parlant, elle fut son bras droit. Pendant la plus grande partie de son ministère, elle n'a pas failli une seule semaine (si je ne fais erreur) à sa pieuse tâche, qui, pour être douce à son cœur, n'en devait pas moins quelquefois être un peu lourde pour sa main. Presque tous les discours qu'a prononcés mon père, et peut-être tous ceux qu'il a publiés, ont été écrits ou récrits, deux ou trois fois chacun, par sa collaboratrice infatigable. En travaillant ainsi, elle était ouvrière avec le Seigneur, en même temps qu'avec celui qu'elle aimait si chrétiennement ! On peut dire qu'en toute justice une partie du bien que Dieu a accompli par la parole ou les ouvrages de Son fidèle serviteur, dans cette Église ou au dehors, une partie du bien qui se fera encore tant que ses sermons seront lus, doit être attribuée à celle qui tenait la plume quand dictait cette bouche, jadis si écoutée et maintenant muette, hélas ! Ainsi une partie de la reconnaissance qu'éprouvent tant d'âmes chrétiennes pour l'homme qui a été, après Dieu et par Lui, l'instrument de leur conversion ou de leurs progrès spirituels, doit aussi lui être rapportée.

.... Et voilà pourquoi ma reconnaissance, à moi, et celle des miens, est si grande pour vous, vénérable sœur et mère en la foi, que nous avions appris à respecter et à chérir à l'égal d'une parente, et que nous appelions volontiers d'un tel nom, dans notre amour presque filial ! Vous êtes maintenant allée rejoindre celui dont vous aviez partagé les labeurs pendant tant d'années consécutives, et qui fut condamné au repos (par une coïncidence remarquable) à peu près en même temps que vous, et par un motif analogue. C'est presque un même mal qui vous a fait, à vous, modeste secrétaire, poser la plume, à lui, déposer la parole, et, pour rendre encore plus complète une similitude qui n'échappe à aucun de vos amis communs, vous l'ayez suivi de quelques jours dans la tombe, — ou plutôt vous êtes entrés l'un et l'autre, à peu d'intervalle, dans la vie éternelle, dans la gloire et la joie de votre Dieu Sauveur.

Que cette pensée console les amis si nombreux de Mlle Hortense Defague, et en particulier cette famille d'adoption que Dieu avait placée près d'elle, ou plutôt dans laquelle il l'avait placée si providentiellement, et qui l'a entourée si longtemps, et jusqu'à son dernier soupir, d'une si cordiale affection ! (1) — Oui, mes frères, cherchons dans le ciel et non sous cette froide terre, celle qui est maintenant au ciel, nous pouvons en avoir la joyeuse confiance : Car elle savait en qui elle avait cru, elle avait choisi, comme Marie et comme Dorcas, « la bonne part » qui ne leur sera point ôtée ; et elle était du nombre de ces brebis du Bon Berger dont Il a dit : *Elles ne périront jamais, nul ne les ravira de ma main, je leur donne la vie*

(1) Depuis que ces paroles ont été prononcées, la famille adoptive de Mlle Defague a été visitée par la plus douloureuse affliction. Puisse notre profonde sympathie apporter quelque adoucissement à cette immense épreuve !

éternelle. (1) Elle était du nombre de ceux dont l'Esprit a dit, dans l'Apocalypse : *Heureux, dès à présent, ceux qui meurent dans le Seigneur ; car ils se reposent de leurs travaux et leurs œuvres les suivent.* (2)

Pour pouvoir, comme eux et comme elle, mourir dans le Seigneur, quand viendra notre tour, vivons dans le Seigneur, ô mes bien-aimés frères ! et nous revivrons aussi, comme eux et comme elle, avec le Seigneur, pendant l'éternité. Amen.

ALLOCUTION DE M. LE PASTEUR Ad. MONOD,

DE CARCASSONNE

MESSIEURS,

En écoutant mon frère rappeler combien Mlle Defague était riche en bonnes œuvres, je pensais à la pieuse Dorcas du livre des Actes. De même qu'après sa mort on montrait, en pleurant, à l'apôtre tous les vêtements qu'elle avait faits pour les pauvres, de même on pourrait montrer aujourd'hui les broderies magnifiques que Mlle Defague, de ses doigts diligents et de ses yeux fatigués, a brodées au profit de tant de bonnes œuvres ! Elle était née dans l'aisance, mais elle voulait donner, ainsi, et plus et mieux encore. Elle a passé en faisant le bien. Jamais nous n'oublierons, mes frères et moi, que Mlle Defague a été, tant que Dieu le lui a permis, la secrétaire infatigable et toujours prête de notre père. A ce prédi-

(1) S. Jean X, 28.
(2) Apoc. XIV, 13.

cateur laborieux et consciencieux entre tous, mais qu'une infirmité douloureuse empêchait de tenir longtemps la plume, il fallait une aide telle que celle-là. Dieu la lui donna. Je la vois encore, je la verrai toujours, dans ce cabinet dont notre jeunesse inconsciente troublait parfois les méditations, arrivant au premier appel, le devançant plutôt, et, malgré la faiblesse de son estomac, que rendait plus pénible la brièveté de sa vue, courbée pendant de longues heures sur ces manuscrits dont elle a, nul n'y contredira, pris sa bonne part. Quand le sermon était composé, elle le recopiait tout entier ; quand il était prêché, elle le recopiait encore pour l'impression ; et les cahiers s'ajoutaient aux cahiers, et les volumes aux volumes... et ce huitième volume, qui doit paraître bientôt, et que ni l'auteur ni la secrétaire ne verront, se trouve encore écrit de sa main. Dieu, qui avait réuni les deux collaborateurs dans Son œuvre, les a réunis dans Son repos, et ils nous ont quittés à quelques jours d'intervalle pour la patrie éternelle, nous laissant l'un et l'autre un exemple pour que nous marchions sur leurs pas... Comment ne serais-je pas ému jusqu'aux larmes, Messieurs, de rendre un dernier témoignage et de dire un dernier adieu à cette âme pure, à ce cœur sans fiel, à cette amie fidèle, qui fut une parente d'élection, et dont l'image tient une si grande place dans nos meilleurs souvenirs d'enfant ? Si tous ceux à qui elle a fait du bien l'accompagnaient à cette heure, quel cortège n'aurait-elle pas ! Que je meure de la mort du juste, et que ma fin soit semblable à la sienne !

www.ingramcontent.com/pod-product-compliance
Lightning Source LLC
Chambersburg PA
CBHW061450170626
46811CB00005B/2452

* 9 7 8 2 0 1 9 9 2 3 4 3 3 *